Die Geschichte
einer hoffnungslosen Liebe
zwischen
einem jungen Mann
und einer älteren Frau,
die durch die Vorurteile,
veraltete Regeln
und
ungeschriebenen Gesetzen
auf einer kleinen Insel
ein gewaltsames Ende fand.

von
S y n a   E s t e r

Mara

und

Sandro

Bibliografische Information der Deutschen Nationalbibliothek .
Die Deutsche Nationalbibliothek verzeichnet diese Publikation
in der Deutschen Nationalbibliografie; detaillierte bibliografische
Daten sind im Internet über http://dnb.d-nb.de abrufbar.

Impressum
2018

© Autor : Syna Ester
© Cover : Syna Ester
© Fotos : Syna Ester

Herstellung und Verlag:
BoD- Books on Demand, Norderstedt

ISBN: 978 383 706 743 9

Mit viel Herz und Gefühl beschreibt die Autorin in diesem
Buch das Leben und die Liebe auf einer kleinen Insel.
Sie dachte, was nicht sein darf, durfte nicht geschehen.
Denn die Traditionen und Regeln auf der Insel hatten bis
dahin auch ihr Leben bestimmt.. Erst durch ihre Heirat auf
das Festland bekam sie eine andere Sicht der Dinge, die sie
bis dahin als normal empfand.
Als sie sich nach der Trennung von ihrem Mann in einen
jüngeren Mann verliebte, begann sie über das Erlebte auf
der Insel zu schreiben.

Olivenbäume weinen nicht

...und doch sah ich ihre Tränen

Peng...

die Tür flog mit lautem Knall zu. So
heftig hatte sie dagegen getreten, nur,
damit er ihr nicht entwischen konnte.
Aber das wollte er auch gar nicht,
denn er hatte diesen Augenblick genau
so sehnsüchtig erwartet wie sie, die
Frau, die er über alles liebte und
begehrte; er riskierte so gar sein Leben
für sie.
Er, das ist der Mann, den auch sie
über alles liebt und dessen
Umarmungen sie in einen Rausch der
Leidenschaft versetzte.
Eine Leidenschaft, die sie nie zuvor in
ihrem Leben kennen gelernt hatte. Sie
konnte nicht genug von ihm
bekommen; von seinen Küssen, den

zärtlichen und doch kraftvollen Umarmungen. Wenn seine warmen Hände über ihren Körper glitten und er ihr liebevolle Worte ins Ohr flüsterte. Sie liebte den Geruch seiner Haut, seine sanfte Stimme wenn er zärtlich ihren Namen sagte. So hatte noch niemand ihren Namen gesagt und es klang wie Musik in ihren Ohren.

Beide konnten nicht genug von einander bekommen und trafen sich immer wieder heimlich um ihre Liebe aus zu kosten und um dem anderen Nahe zu sein. Immer mit der Angst entdeckt zu werden, denn ihre Liebe durfte nicht sein.

Dieses Versteck spielen machte beide verrückt, denn es zog sie immer wieder zu einander und die Glut der

Leidenschaft überkam beide immer heftiger.

Wie sollten sie ihre Liebe für einander noch weiter verbergen? Sie hatten das Gefühl, dass jeder es ihnen ansehen müsste wie es um sie stand. Ihre Blicke hätten jedem verraten wie es um sie stand und das durfte niemals geschehen. Hier oben in der alten Hütte konnten sie sich einigermaßen sicher fühlen, denn seit Jahren war niemand mehr hier oben gewesen. Was sollte man auch hier? Es gab hier oben nichts, was irgendwie von Nutzen war und außerdem war an der einen Seite der steile Abhang. Wenn man nicht aufpasste, würde man direkt ins Meer stürzen.

Während des Krieges war die Hütte ein

Partisanenunterschlupf, den man durch einige unterirdische Gänge erreichen konnte und den diese an dicken Seilen, die sie herab gelassen hatten, benutzen um auf die unten in der Bucht wartenden Boote zu gelangen. Deshalb hatte sie auch alle Vorsicht vergessen, als sie die Tür so laut zugeknallt hatte. Lange konnten sie aber nie dort verweilen, denn kamen sie später als gewohnt nach Hause viel das dem alten Celeste auf und er stellte Fragen, wo beide so lange waren. Seine Augen sahen die beiden dabei prüfend an. Immer wieder mussten sie Ausreden und Lügen erfinden um sich nicht selbst zu verraten, denn das hätte für beide den sicheren Tod bedeutet.

Mit keinem Wort und keinem Blick
verriet der alte Celeste ob er ihnen
glaubte und so waren sie davon
überzeugt, dass er nichts bemerken
würde. Ihre Verzweiflung wuchs von
Tag zu Tag und es gab keinen Ausweg
aus dieser unglücklichen Situation.
Heilige Mutter Gottes hilf uns, so
beteten sie jeden Tag, aber ihre Gebete
wurden nicht erhört.
Wieder einmal fanden sie eine
Gelegenheit sich heimlich zu treffen um
sich in die Arme zu schließen. Tränen
liefen ihr über das Gesicht als sie sich
in seine Arme schmiegte. Er hielt sie
ganz eng umschlungen und flüsterte
zärtliche Worte in ihr Ohr und
streichelte ihren Körper.
Er liebkoste ihre Brüste mit den Lippen

und langsam glitt seine Hand über ihren Bauch bis hin zu dem warmen weichen Platz zwischen ihren Beinen. Sie gab sich ihm ganz hin und keiner der beiden bemerkte die Gestalt, die sich ihnen langsam näherte. Sie umschlang ihn mit ihren Beinen und sie liebten sich in ihrem eigenen Rhythmus und vergaßen alles um sich herum. Ihre Körper wurden eins und es war für beide unendlich schön. Die Wogen der Zärtlichkeit wollten kein Ende nehmen.

Selbst als die Leidenschaft gestillt war und sie sich nur noch zärtlich in den Armen hielten war es, als ob sie einander nie wieder los lassen wollten. Ihr Atem beruhigte sich langsam und sie sahen sich in die Augen. Wie viel

Liebe lag in ihren Blicken. Er küsste zärtlich ihren Mund und sagte ihr, wie sehr er sie liebe. Nur der Mond war Zeuge dieser Liebe, denn er schien durch ein Loch in der Decke, genau auf die beiden herab.

So dachten sie.

Gleichzeitig spürten beide wie die Traurigkeit zurückkehrte, weil diese Liebe nicht sein durfte. Nie hätte irgendjemand diese Verbindung gut geheißen, denn er war jung und sie hätte seine Mutter sein können. Immer wäre sie die Verführerin gewesen die ihn zur Sünde verführt hat, dass es genau umgekehrt war, würde niemand glauben. Was wollte ein so junger Mann von einer älteren Frau, die bereits erwachsene Kinder hatte und keine

Kinder mehr bekommen würde.

Nein, das wäre für alle im Dorf undenkbar gewesen. Ein junger Mann musste eine Familie gründen, denn die Kinder waren ja die Altersversorgung für die Eltern. So war es seit Generationen und so sollte es bleiben. Zuerst sorgten die Eltern für die Kinder und später, wenn die Eltern alt waren, war es die Pflicht der Kinder für diese zu sorgen.

Ihre Liebe wäre undenkbar gewesen.

Sie wollten sich gerade wieder die Kleidung ordnen und aufstehen, als sie plötzlich ein knacken in der Nähe hörten.

Verschreckt hielten sie den Atem an

und schauten, wo das Geräusch her kam. Sie sahen durch die fehlenden Bretter in der Wand und ihre Herzen klopften laut vor Angst.

Im ersten Moment konnte keiner der beiden etwas ausmachen, aber dann......oh Gott, sie konnten die Gestalt erkennen, es war der Schäfer.

Hatte er sie schon beobachtet? Wie lange war er schon dort gewesen? Hatte er ihnen bei der Liebe zugeschaut? Das konnte kein Zufall sein, dass er gerade heute den Weg hier hinauf gegangen ist; hatte der alte Celeste doch etwas bemerkt und ihn geschickt? Er musste sich ganz leise heran geschlichen haben, denn die beiden hätten es gehört, wenn er auf Zweige oder Äste getreten wäre.

Hier im Ort kannte jeder jeden und nun waren sie entdeckt und beide wussten was das heißt, zumal der Schäfer der Onkel von Sandro war. Er kam direkt in die Hütte hinein und spuckte verächtlich vor ihnen aus. Er würdigte die beiden keines weiteren Blickes und ohne ein Wort ging er dann zurück zu seinen Schafen, die er unten im Tal gelassen haben musste, denn sonst hätten sie ihn ja kommen hören.

Starr vor entsetzen wagten sie sich nicht zu rühren. Wie konnte das geschehen? Nie ging der Schäfer diesen Weg zur alten Hütte, denn eines der Tiere hätte sich dort ein Bein brechen können. Auch er selber hätte auf den Steinen ausrutschen und über den

Abhang ins Meer stürzen können. Die beiden wussten nicht mehr ein noch aus und überlegten, ob sie weg laufen sollten. Ganz woanders hin, wo niemand sie kennt. Wie oft hatten sie schon daran gedacht, aber wenn es diese Möglichkeit für sie gegeben hätte, dann hätten sie es bereits vorher gemacht.

Wo sollten sie auch hin?

Es gab hier in den Bergen keine Möglichkeit zu fliehen, dafür war die Insel zu klein und rings herum war Wasser, nichts als Wasser.

Nirgends hätten sie sich verstecken können ohne entdeckt zu werden und eine Flucht von der Insel wäre auch bemerkt worden. Zumal beide von ihnen kein Boot besaßen um damit heimlich zu einer abgelegenen Insel zu rudern.

Fünf Familien lebten hier auf der Insel und jeder kannte jeden. Die Sitten waren hart und die Regeln seit ewigen Zeiten festgelegt. Das schweißte die Dorfgemeinschaft zusammen. Niemand durfte eine der Regeln verletzen, oder gar missachten. Darauf stand im schlimmsten Fall der Tod.

Und genau das hatten beide getan. Sie haben sich nicht an die Gesetze dieser Insel gehalten und wenn sie sich nicht selber umbringen würden, bedeutete dieses Vergehen, dass die übrigen Inselbewohner sie töten würden auf eine grausame Art und Weise.

Beide hatten so ein Ritual schon als Kinder einmal miterlebt und die

Erinnerung an das Schreckliche kam in ihnen wieder hoch.

Mussten sie jetzt das gleiche Schicksal erleiden, wie damals die beiden Liebenden? War es nicht Gottes Wille der sie zueinander geführt hatte? Er konnte doch nicht wollen, dass sie dafür bestraft werden würden.

Die Liebe ist doch das höchste Gut auf dieser Welt und kann keine Sünde sein. Und doch, sie wussten es besser. Die Gesetze der Inseln waren stärker und Gottes Gebot —du sollst nicht töten- verlor dabei die Bedeutung.

Sie hielten sich in den Armen und weinten bittere Tränen. Sie saßen unter dem Olivenbaum und merkten nicht wie die Zeit verging und es immer dunkler um sie herum wurde.

Nach Hause konnten sie nicht mehr, denn mit Sicherheit hatte der Schäfer es schon allen verkündet, dass die beiden eine Sünde begangen hatten. Sie konnten nicht einmal ihrem Leben ein Ende bereiten und gemeinsam sterben. Der Schock und die Verzweiflung über ihre Entdeckung saßen zu tief und sie waren nicht fähig, sich auch nur ein bisschen zu bewegen. So saßen sie nur da und hielten sich umschlungen. Keiner sprach ein Wort und die Nacht brach herein. Ein Stück des Mondes kam hinter einer Wolke hervor und warf ein blasses Licht auf die beiden, die sich nicht von der Stelle rührten und sich immer noch umarmten. Wie versteinert saßen sie da.

Sie dachte darüber nach wie alles begann als sie jetzt in seinen Armen lag.

Mara, so ist ihr Name, überlegte lange bevor sie ihre Gedanken ordnen konnte und sich an alles erinnerte.

Vor ungefähr sechs Jahren sah sie Sandro das erste Mal, als sie mit ihrem Mann von der größeren Nachbarinsel auf diese kleine Insel kam. Ihr Mann hatte hier auf der Insel einen Posten als Leuchtturmwärter bekommen und es war für sie klar, dass sie mit ihm ging und ihre Familie und die größere Nachbarinsel hinter sich ließ.

Der Anfang war für beide sehr schwierig, denn es ist nicht so einfach in eine so kleine Gemeinschaft aufgenommen zu werden. Die übrigen Inselbewohner beäugten sie argwöhnisch und sie konnten keinen Schritt tun, ohne beobachtet zu werden. So sehr sie sich auch bemühten, der Zugang zur Gemeinschaft blieb ihnen verwehrt. Selbst ihren beiden Kindern gelang es nicht, beim täglichen Schulunterricht den der Pfarrer hielt, Kontakt zu den anderen Inselkindern zu bekommen. In den Pausen waren sie allein während die anderen Kinder miteinander spielten.

Ihr fehlte ihre Familie sehr, die sie auf der Nachbarinsel zurück lassen musste. Dort lebten noch ihre Eltern und unzählige Tanten, Onkel und Cousinen. Dort ergab sich immer irgendwo eine

Gelegenheit zu einem kleinen Plausch über dieses und jenes. Viel gab es ja so wieso nicht zu erzählen, denn auf der Insel ereignete sich so gut wie nichts Neues. Außer, es eiratete jemand oder ein Kind wurde geboren.

Einmal im Monat kam ein Boot vorbei und brachte die Post und einige Lebensmittel zur Insel. Dabei erfuhren die Inselbewohner hier und da eine Neuigkeit, aber dennoch, man sah sich und trank einen Kaffee miteinander und fühlte sich angenommen und geborgen. Hier aber war sie allein mit ihrem Mann, denn mittlerweile waren auch ihre beiden Kinder auf das Festland gegangen um dort zu leben. So war sie mit sich und ihren Gedanken allein; verrichtete ihre

Arbeit und wartete auf die Rückkehr ihres Mannes. Tagsüber war ihr Mann im Leuchtturm und wenn er abends heimkehrte, war er auch nicht sehr gesprächig und so saßen sie beide schweigend beim Abendessen und legten sich früh schlafen.

Tag für Tag ging es so weiter und langsam überkam sie eine Schwermut und Traurigkeit wie sie sie vorher nie gekannt hatte.

Diese Einsamkeit wurde an manchen Tagen unerträglich und sie weinte viel.

Einmal im Monat kam ein Postboot und brachte ab und zu einen Brief von ihren Eltern.

Aber auch dieses wurde im Laufe der Zeit immer seltener. Die Eltern waren alt und es wollte nicht mehr so richtig klappen mit dem Schreiben, zumal es keinen Strom auf den Inseln gab und alles beim Schein einer Kerze erledigt wurden musste, sobald die Dunkelheit herein brach.

Wie gerne wäre sie bei ihnen gewesen um ihnen zu helfen und nun für sie zu sorgen. Das Leben ihnen erträglicher und leichter machen. Stattdessen musste sie hier auf der Insel bleiben und konnte nichts für sie tun. Das Herz war ihr sehr schwer und sie dachte daran, mit wie viel Liebe und Fürsorge ihre Eltern sie haben groß werden lassen. Gut, es gab nicht viel zu essen, aber sie musste keinen Abend hungrig in ihr Bett gehen. Später erfuhr sie dann, das die Eltern lieber auf ihr essen verzichteten, als ihr Kind hungern zu lassen. Von alledem hatte sie als Kind keine Ahnung gehabt und wuchs glücklich und zufrieden heran. Wie gerne würde sie jetzt das bisschen was sie hatte mit ihnen teilen; ihnen die Arbeit abnehmen und sie in ihre Arme schließen.

Werde ich sie jemals wieder sehen?

Sie versuchte sich ihren Kummer von der Seele zu schreiben und legte sich ein kleines Tagebuch zu; eigentlich war es nur ein Schulheft, denn das war das einzige was sie hier auf der Insel bekommen konnte.

Vier Kinder lebten auf der kleinen Insel, die täglich von dem Pfarrer unterrichtet wurden. Eine Schule gab es hier nicht und der Weg zur nächsten

Schule hätte bedeutet, dass die Kinder ihr Elternhaus hätten verlassen müssen und auf einer der größeren Nachbarinseln bei Verwandten hätten untergebracht werden müssen. Wer keine Verwandte außerhalb dieser Insel hatte, konnte seine Kinder nicht in die Schule schicken, da auch eine Unterbringung gegen Bezahlung nicht möglich war, denn die Leute hier waren bitterarm. Sie hatten kaum das Nötigste für ihren täglichen Bedarf, denn der karge Boden gab nicht viel her, so dass sie nur sehr wenig pflanzen konnten. Aber die Menschen beklagten sich nicht. Sie waren sehr gläubig und dachten, es ist von oben, vom allerhöchsten so bestimmt, dass sie hier und so leben sollten. Für die

Älteren gab es daran nichts zu
zweifeln, aber die Jüngeren waren
damit nicht mehr zufrieden und
versuchten die Inseln zu verlassen.
Einigen gelang es ja auch, so wie ihren
beiden Kindern.

Ihr Sohn war nicht dumm und
handwerklich sehr geschickt, so dass er
auf dem Festland eine Arbeit als
Automechaniker fand und eigenes Geld
verdienen konnte. Es war nicht viel,
aber es reichte um etwas zu sparen
und bald darauf eine Familie gründen
konnte.

Seine Frau war die Tochter des
Barbiers bei dem er sich einmal in der
Woche rasieren ließ.

Niemand rasierte sich zu Hause und
außerdem war es für die Männer ein

willkommener Ort, sich mit Neuigkeiten auszutauschen; falls es welche gab. Gab es keine, begnügten sich die Männer damit, einen Kaffee zu trinken und schweigend beieinander zu sitzen. Wie es auf den Inseln und auch auf dem Festland üblich ist, wurden die beiden durch eine Heiratsvermittlerin füreinander ausgesucht.

Niemand nahm daran Anstoß, denn schließlich kannten sie es nicht anders und es war seit Gedenken schon immer so gewesen. Was die Alten bestimmten hatte Wort und fand Gehör. Niemand hätte es gewagt ihnen zu widersprechen, oder gar an ihren Worten zu zweifeln. Schließlich wussten sie am besten, was gut und richtig ist und bisher hatte es noch keinen gegeben, der dieses in Frage stellte. So heiratete mein Sohn das junge unschuldige Mädchen, das ihm ausgesucht wurde.

Mein Mann und ich erhielten die Nachricht von der bevorstehenden Hochzeit an der wir nicht teilnehmen konnten, denn trotzt der Anstellung meines Mannes als Leuchtturmwärter hatten wir nur sehr wenig Geld und konnten uns eine so weite Reise auf das Festland nicht leisten. Für uns beide war es sehr schlimm nicht dabei sein zu können um den wichtigsten Tag im Leben unseres Jungen mitzuerleben. Wir schickten ihm und seiner jungen Braut einige selbst bestickte Handtücher und zwei mit dem

jeweiligen Namen versehenen Kopfkissen. Mehr konnten wir nicht geben. Der Brief den uns die beiden schickten war voller Liebe und Respekt und aus den Zeilen konnte man lesen, dass sie uns verstanden und ebenso traurig waren, dass wir nicht zur Hochzeit kommen konnten. Bis heute habe ich die Frau meines Sohnes nicht kennen lernen können und als ein Jahr darauf unsere erste Enkeltochter zur Welt kam war es genau so.
Wir bekamen ein Foto mit der ganzen Familie darauf. Es hat einen Ehrenplatz auf meiner kleinen Kommode und jeden Tag bete ich davor und bitte Gott, die drei zu beschützen.
Bisher hat Gott meine Gebete erhört

und aus dem letzten Brief meines Sohnes konnte ich lesen, dass die Herzen von Mann und Frau zueinander gefunden hatten.

Das ist nicht immer so, mein Mann wurde mir auch ausgesucht und ich achte und respektiere ihn, aber mein Herz konnte er nicht erwärmen wie es zwischen Mann und Frau sein sollte. Er ist ein guter Mann, arbeitsam und ehrlich; er trinkt nicht und nur ab und zu gönnt er sich seine Pfeife. Er war immer für unsere Familie da und kümmerte sich liebevoll um unsere Kinder. Auch er respektierte mich und schlug mich nie. Nie hörte ich ein unfreundliches Wort, er war mit allem was ich machte einverstanden. So schien es mir, denn er sagte nie etwas.

Ob er mit mir glücklich war, ich weiß
es nicht? Über diese Dinge wurde nicht
gesprochen. Manchmal schaute er mich
so fragend an, aber er sagte nichts
und wenn er mich nachts in seine
Arme nahm war es wie beim
Abendessen; schweigend und stumm.
Ich ließ es geschehen, weil es die Pflicht
einer Ehefrau ist, dieses ihrem Mann
zu geben. So hatte ich es von einer
älteren Tante vor meiner Hochzeit zu
hören bekommen. Es kam mir nicht in
den Sinn ihn einmal zu streicheln oder
ein liebes Wort an ihn zu richten. Aber
dennoch, ich hatte Zweifel und wusste
nicht woher sie kamen. Ist das alles,
was es zwischen Mann und Frau gibt?
Bis ich mich wieder erinnerte.
Einmal, als ich so ungefähr 12 Jahre

alt war, hatte ich ein Gespräch zwischen meiner Cousine und ihrem Mann belauscht und ich sah auch, wie sie sich in die Arme nahmen. Verstanden habe ich es damals nicht, aber ich wusste, dass es niemand mitbekommen sollte und dass es die beiden glücklich machte, denn sie scherzten und lachten miteinander. Heute weiß ich, obwohl auch sie einander ausgesucht wurden, hatten sich ihre Herzen gefunden und sie liebten sich.

Alle diese Dinge erlebte ich mit meinem Mann nie und dennoch war ich nicht unglücklich; die Jahre gingen dahin und ich dachte nicht mehr an das, was ich damals sah und hörte. Als mein Sohn zwei Jahre von zu

Hause weg war, schickte er uns einen Brief in dem stand, dass er eine Heiratsvermittlerin zu uns schickt, die wegen unserer Tochter bei uns vorbei kommen wollte. Er selber hatte auf dem Festland einen Mann kennen gelernt, der zwar nicht mehr ganz jung war, aber gebildet und nicht ganz unvermögend.

Wir vertrauten unserem Sohn, denn er liebte seine kleine Schwester abgöttisch und wir wussten, dass er niemals etwas machen würde was ihr schaden zufügen könnte, oder sie unglücklich machen würde. Da unsere Tochter mittlerweile neunzehn Jahre war und eigentlich schon längst hätte heiraten können, ließen wir es geschehen, dass die Heiratsvermittlerin bei uns vor sprach und sich über unsere Tochter informierte. Hier auf den Inseln wurde früh geheiratet und in dem Alter unserer Tochter hatten viele Frauen schon zwei, oder drei Kinder. Wir haben sie nicht gedrängt, denn von den jungen Männern auf dieser Insel wäre auch niemand als Ehemann für unsere Tochter in frage gekommen. Die Männer hier respektierten ihre Frauen nicht. Dieses haben wir beim Kirchgang am Sonntag nur allzu oft miterleben können und wir konnten uns denken, dass die Söhne sich genau so wie ihre Väter verhalten würden. Das wollten wir nicht für unsere Tochter, wir haben unsere beiden Kinder liebevoll aufwachsen lassen und wünschten, dass sie in einer Ehe gut behandelt werden würden. Mein Sohn glich seinem Vater und von daher hatte ich keinerlei Bedenken, dass er seine Frau nicht gut behandeln würde. Zu diesem Zeitpunkt wusste unsere Tochter von alledem noch nichts, denn es gab die Möglichkeit –nein– zu sagen, wenn man nicht einverstanden mit der Wahl des Bräutigams oder der Braut ist. Diese Gespräche fanden zuerst einmal ohne die Auserwählten statt. Viele Stunden sprachen wir mit der Heiratsvermittlerin, denn wir wollten alles über ihren zukünftigen Ehemann erfahren, damit wir unserer Sache sicher sind und unser Kind nicht in ihr Unglück laufen lassen.

Die Heiratsvermittlerin war sehr angetan von dem, was wir über unsere

Tochter erzählten und auch wir konnten nichts Negatives über die Wahl des Bräutigams erkennen.

So stimmten wir zu und erzählten noch am selben Abend unserer Tochter, dass wir einen passenden Mann für sie gefunden hätten. Sie hörte sich unsere Worte an und als wir ihr sagten, dass ihr Bruder den Mann kennen würde stimmte sie zu. Denn auch sie wusste, dass ihr Bruder sie liebte und ihr nichts Böses wollte. Aber dennoch fing sie bitterlich an zu weinen, denn es wurde ihr bewusst, dass auch sie nun bald das Elternhaus verlassen müsste um auf das Festland zu ziehen. Unsere Tochter hing sehr an uns und es würde das erste Mal sein, dass sie von zu Hause fort ging.

Auch wir waren traurig.

An diesem Abend sah ich meinen
Mann das erste und einzige Mal
weinen. Es waren stumme Tränen, die
einem das Herz zerrissen.
Heute weiß ich, wie wichtig es ist,
miteinander zu sprechen, denn
ansonsten bleibt doch jeder für sich
allein; selbst dann, wenn man
miteinander verheiratet ist. Aber all
dieses habe ich auch erst durch meine
Liebe zu Sandro verstanden und
kennen gelernt. Doch davon werde ich
später weiter erzählen. Es kam der Tag
an dem unsere Tochter auf das kleine
Boot stieg welches sie zu dem in der
Bucht liegenden Schiffes brachte, dass
sie auf das Festland bringen sollte.

Unser Sohn wartete dort auf sie um sie mit zu sich nach Hause zu nehmen. Wir standen lange am Strand und selbst als das Boot nicht mehr zu erkennen war, winkten wir immer noch.

Zum ersten Mal nahm mein Mann meine Hand als wir zurück nach Hause gingen. In ein einsames Haus, denn ein Haus ohne Kinder, ist wie ein Garten ohne Blumen.

Nie werde ich das tränen überströmte Gesicht meiner Tochter vergessen. In ihren schwarzen Augen standen so viele Fragen und die Angst vor dem kommenden. Hatte ich sie richtig auf die bevorstehende Hochzeit vorbereitet? Wer beantwortet ihre Fragen wenn ich nicht bei ihr bin? Eine Mutter sollte bei ihrem Kind sein

in einer so wichtigen Stunde und es
nicht alleine lassen. Noch heute
kommen mir die Tränen wenn ich
daran denke; obwohl sie in ihrer Ehe
das Glück gefunden hat. Aber was
hätte ich tun können? Ich musste mein
Kind alleine ziehen lassen.

Es sind die Schmerzen im Herzen einer
Mutter die für immer bleiben, weil
man die Zeit nicht zurück drehen und
geschehenes nicht ungeschehen machen
kann.
Ein Schmerz, den Millionen Müttern
auf dieser Welt mit mir teilen.

Unser Sohn stand wie versprochen am
Hafen um auf das Schiff mit unserer
Tochter zu warten. Als sie sich nach so

langer Zeit wieder sahen, hatten beide Tränen in den Augen und hielten sich in den Armen. Arm in Arm gingen sie nach Hause. Ein zu Hause, dass für kurze Zeit auch das ihre sein sollte. Denn es gab kein Zusammenleben zwischen unverheirateten Leuten; es war jetzt die Aufgabe und Pflicht ihres Bruders sie zu beschützen und für sie zu sorgen bis sie verheiratet war. Es wurde alles für die bevorstehende Hochzeit von ihrem Bruder arrangiert und dann war es soweit; zum allerersten Mal sah meine Tochter ihren zukünftigen Mann. Ein Blick in seine Augen sagte ihr, alles wird gut. Noch nie zuvor hatte sie in so liebevoll drein blickende Augen geschaut und ihr Herz fing ganz schneller an zu schlagen und sie merkte, wie ihr die Röte ins Gesicht stieg.

Die Wärme seines Blickes umschlang ihren ganzen Körper und sie war unfähig etwas zu sagen, oder sich zu bewegen. Sie stand ganz starr da und glaubte sich einer Ohnmacht nahe.

Seine Stimme holte sie wieder in die Wirklichkeit zurück, als er sie fragte, ob sie einverstanden sei ihn zu heiraten. Ein Nicken ihres Kopfes war ihm Antwort genug und er verabschiedete sich dann mit einer Stimme, die ebenso warm und weich war wie seine Augen.

Meine Tochter hatte sich nicht beim ersten Blick in seine Augen geirrt, beide lieben sich und mittlerweile haben sie drei kleine Söhne.

Auch diese Kinder haben wir, außer auf Bildern, noch nie gesehen; ebenso hatten wir nicht die Freude den Mann unserer Tochter kennen zu lernen.

Dann, vor drei Jahren starb ganz unverhofft mein Mann. Ich hatte mir Sorgen gemacht weil er noch nicht aufgestanden war, um mit mir gemeinsam wie jeden Morgen, den Kaffee zu trinken. So ging ich hinein ins Haus und sah nach meinem Mann. Ich rief seinen Namen und als keine Antwort kam, ging ich zu seiner Matratze und da lag er noch. Ich wollte ihn wecken, da er ja zur Arbeit in den Leuchtturm musste.

Es war schon ziemlich spät an diesem

Morgen. So stieß ich ihn vorsichtig an und als er sich nicht rührte bückte ich mich zu ihm herunter. Seine Augen waren geöffnet und er rührte sich nicht mehr. Mir blieb bei diesem Anblick fasst das Herz stehen. Nein, das konnte nicht wahr sein!

Gestern Abend ging es meinem Mann noch gut und er klagte über nichts. Es kann doch nicht sein, dass er jetzt tot da liegt. Ich rief unentwegt seinen Namen und schüttelte ihn, doch es nützte alles nichts, er war einfach tot. Nach einer ganzen Weile machte ich mich auf den Weg zum Pfarrer. Als ich dem Pfarrer alles erzählt hatte, legte er seinen Tuchmantel um und machte sich mit mir zurück auf den Weg zu meinem Haus. Wir gingen hinein und der Pfarrer ging zu der Matratze auf der mein Mann lag; es sah aus, als ob er noch schliefe. Der Pfarrer sagte, sein Herz hätte einfach aufgehört zu schlagen. Ich war wie versteinert und konnte das alles gar nicht glauben oder verstehen. Ich war ganz allein mit meinem Schmerz. Die Jahre und die Kinder hatten uns zusammen geschweißt und plötzlich ist alles leer um mich herum.

Was sollte ich tun? Alleine hier weiter leben? Eine klitzekleine Rente machte es möglich, aber wie sollte ich mit der Einsamkeit zu recht kommen. Viele Gedanken gingen mir durch den Kopf und obwohl mein Mann nie mein Herz erwärmen konnte, fehlte er mir schon in diesem Augenblick.

Es war eine andere Art der Liebe die uns beide verbunden hatte. Keine Liebe der Leidenschaft und zärtlichen Gefühle, sondern eine Liebe des Vertrauen und zueinander gehören. Ich fühlte mich unendlich allein, denn obwohl wir jetzt schon jahrelang auf dieser Insel lebten, waren wir nach wie vor Fremde. Ab und zu sprach man ein Wort miteinander wenn man sich begegnete, aber Freundschaften entstanden nie.

Zu keinem der Familienfeste wurden wir eingeladen und selbst beim Gottesdienst saßen wir allein in der hintersten Bank.

Sollte ich zurückgehen auf die Insel auf der ich geboren wurde?

Meine alten Eltern waren inzwischen

verstorben und zu den vielen anderen Familienmitgliedern war der Kontakt schon lange abgebrochen. Sicher würden sie mich aufnehmen, denn in den Familien ist der Zusammenhalt sehr groß, aber ich würde mich dann auch nicht wohl fühlen. Ich würde mich als Eindringling fühlen. Hätte einer geschrieben, als sie vom Tod meines Mannes erfuhren, komm zu uns, ich wäre in das nächste Boot gestiegen und hätte alles hinter mir gelassen. Aber es kam keine Post; kein mitfühlendes Wort an das ich mich hätte klammern können.

Ich beerdigte meinen Mann und außer dem Pfarrer und ein paar streunenden Hunden gab ihm niemand ein letztes Geleit. Es war ein trauriger Abschied

und ich fühlte mich einsam wie nie
zuvor. Unsere Kinder konnten nicht
kommen, aber sie haben mir liebevolle
Briefe geschrieben. Dennoch, auch sie
boten mir keinen Platz bei sich an,
obwohl ich es mir erhofft hätte.

Nur einen Satz...
– Mama, komm zu uns –
Aber der Satz stand nirgendwo
geschrieben. Ich weiß, sie würden es
machen, wenn es eine Möglichkeit
gäbe. Sie haben keine Zeit, nicht viel
Platz und Kinderlärm ist doch wohl
nicht mehr das richtige für mich.
Ich habe zu lange in der Stille gelebt.

Ich versuchte mir für alles eine
Erklärung zu geben und doch, ich wäre

sofort zu ihnen gefahren; ein einziges Wort von meinen Kindern hätte genügt. Kinderlärm hätte mich aus meiner Einsamkeit geholt und Platz ist doch immer irgendwo wenn man es nur will.

Ihre Zeit brauche ich auch nicht, denn ich hätte ihnen von meiner Zeit geben können, in dem ich ihnen geholfen hätte wo ich konnte. Aber es ist der Lauf der Zeit, gehen die Kinder weit weg, ist der Familienzusammenhalt nicht mehr derselbe wie vorher, als alle beieinander lebten.

Ich war ja auch von meinen Eltern weg gegangen auf diese einsame Insel. Es fiel mir damals sehr schwer, aber eine Frau musste ihrem Mann folgen. Mein Mann kam auch von der Insel auf der ich lebte und auch er musste seine Familie zurück lassen, weil er dort keine Arbeit fand. Wir gingen beide schweren Herzens und doch war es notwendig, denn von irgendetwas mussten wir ja Leben. An all dieses dachte ich und vor Kummer und Schmerz verbrachte ich die Zeit nur noch in meinem kleinen Haus; ein Haus, dass mehr einer Bretterbude als einem Haus glich.

Es gibt ein Sprichwort bei uns, das sagt:

,,Wenn Du im Herzen Frieden hast,
wird dir die Hütte zum Palast"

So war es auch alle die Jahre die wir in diesem Haus verbrachten, zumal die

Häuser der anderen Familien auch
nicht anders aussahen.

Man lebte hier so einfach und da das
Wetter die meiste Zeit sehr schön war
genügte es als Unterkunft. Die meiste
Zeit des Tages verbrachte man vor
dem Haus. Selbst das Essen wurde vor
dem Haus gekocht und man aß auch
dort. Die wenigen kühlen Tage an
denen ein frischer Wind wehte, oder es
regnete verbrachten wir drinnen; aber
das kam nur sehr selten vor. Eigentlich
diente uns unser kleines Haus nur zum
schlafen als Unterschlupf.

Jetzt ist es für mich die einzige
Zuflucht und ich merke, wie ich mich
immer mehr in meinem Schmerz
verliere. Ich kümmere mich um nichts

mehr und seit Tagen habe ich keine Speise mehr angerührt. Wenn ich versuche etwas zu essen, kann ich es nicht bei mir behalten. Also lasse ich es gleich wieder. Alles ist mir egal geworden und ich lege mich wieder auf die Strohmatratze am Boden die mir als Bett dient.

Tage des dahin Dämmerns vergingen. Wie viele Tage vergangen sind weiß ich nicht, aber ich wurde durch ein klopfen an meine Tür geweckt. Kann man mich nicht in meiner Trauer und meinem Schmerz allein lassen? Ich wollte niemanden sehen und mit niemandem sprechen.

Ich wollte nicht öffnen, aber es hörte nicht auf zu klopfen. Mühsam rappelte ich mich hoch und wäre beinahe

wieder umgekippt, so schwach fühlte
ich mich. Ich schleppte mich mit
letzter Kraft zur Tür und öffnete. Vor
mir stand ein junger Mann der mir
irgendwie bekannt vor kam und den
ich schon irgendwo gesehen hatte. Ich
konnte mich in diesem Moment aber
nicht erinnern. Er fragte mich ob er
herein kommen dürfte und konnte
mich gerade noch auffangen, bevor ich
den Boden unter den Füßen verlor. Er
legte mich vorsichtig hin und deckte
mich mit seinem Mantel zu. Eigentlich
war es nur eine alte Wolldecke, in die
zwei Löcher für die Arme geschnitten
worden waren. Er holte eine Flasche
aus seiner Tasche und führte sie mir an
den Mund. Ich spürte den warmen
Kaffee auf meinen Lippen und trank

einen Schluck. Jetzt erst merkte ich,
wie viel Durst ich hatte; denn ich hatte
auch nichts mehr getrunken. Ich sah
ihn dankbar an und er lächelte und
strich mir über mein Haar. Seine
Stimme hatte etwas Beruhigendes für
mich, so dass ich langsam wieder zu
mir kam. Plötzlich erinnerte ich mich
woher ich diesen jungen Mann kannte.
Er hatte bei unserer Ankunft auf der
Insel am Strand gestanden und uns
freundlich zu gewunken. Damals war
er noch ein Kind.
Ich wusste später, dass es der Sohn der
Nachbarfamilie war, aber auch zu
dieser Familie hatten wir keinen
Kontakt. Die Häuser standen auch sehr
weit auseinander, so dass man sich
auch nicht zufällig über den Weg lief.

Beim Kirchgang am Sonntag sah ich ihn ab und zu, aber wir grüßten einander nicht. Was wollte er hier bei mir? Wieso hat er an meine Tür geklopft? Ich fragte ihn danach und er sagte, er hätte mein Haus schon eine Weile beobachtet und sich Sorgen um mich gemacht, weil ich nicht mehr heraus kam. Es hing auch keine Wäsche auf der Leine und ein Feuer wurde vor dem Haus auch nicht mehr gemacht.

Wie auch, ich wollte ja nicht mehr.

Nachdem vier Tage vergangen waren, traute er sich an meine Tür zu klopfen um nach zu schauen, ob bei mir alles in Ordnung wäre. Er wusste auch, dass die Dorfgemeinschaft mit uns nichts zu tun haben wollte. Wieso kümmerte er sich um mich? Ich konnte es mir nicht denken. Nachdem ich den ganzen Kaffee aus seiner Flasche getrunken hatte ging es mir etwas besser. Noch immer hielt er meinen Kopf in seinen Händen. Erst jetzt legte er ihn ganz behutsam auf das Kissen nieder. Er sah, dass es mir etwas besser ging und legte mir noch ein Stück Brot und ein bisschen Käse auf den Tisch. Dann ging er. An der Tür sagte er nur, dass er morgen wieder nach mir schaut. War das alles ein Traum? Jahrelang war niemand zu uns gekommen und jetzt, wo ich am Ende war vor lauter Schmerz und nur noch in eine andere Welt dämmern wollte kam dieser Mann zu mir. Vielleicht war das ein

Zeichen und ich sollte ihn nur noch einmal sehen bevor ich mich von dieser Welt verabschiede; schließlich war er der einzige, der uns jemals freundlich begegnet war; damals am Strand.

Mit diesen Gedanken schlief ich ein und erwachte erst wieder, als ich ein klopfen an der Tür hörte.

Bin ich schon im Jenseits? Träume ich das nur?

Es klopfte noch einmal und nun hörte ich auch wie jemand meinen Namen rief. Woher kannte er meinen Namen?

Ich stand auf und öffnete die Tür.

Er stand da vor mir genau so wie gestern und fragte, ob er herein kommen dürfte. Ich ließ ihn eintreten und wir setzten uns auf die beiden einzigen Stühle die es in diesem Haus gab. Wir schwiegen und schauten uns stumm an.

Was wollte er? Wieso sagte er nichts?

Plötzlich zog er aus seiner Tasche etwas Dunkles und gab es mir in meine Hand. Ich schaute was es ist und sah, dass es sich um Oliven handelte. Es müssen die ersten in diesem Jahr sein, denn die von der alten Ernte waren schon längst aufgegessen und alle warteten auf die neue Ernte. Gerührt schaute ich ihn an und steckte mir gleich eine davon in den Mund. Er beobachtete mich dabei und nahm sich auch eine Olive um sie sich selber in den Mund zu stecken. Gemeinsam saßen wir da und aßen die Oliven. Es lag so unendlich viel

Beruhigendes in diesem Moment und es bedurfte keiner Worte. Wiederum legte er etwas Brot auf den Tisch und ging zur Tür. Wie gestern blieb er noch einmal stehen und sah sich zu mir um. Beim Gehen sagte er nur, ich komme morgen wieder. Es tat so gut jemanden zu haben der sich um einen sorgte; wie hatte mir das gefehlt. Lange blieb ich noch so sitzen und dachte über das Geschehene nach. Wird er wirklich morgen wiederkommen? Ich glaubte es nicht, denn er hat ja jetzt gesehen, dass es mir wieder besser geht. Außerdem stellt er sich mit seinen Besuchen bei mir gegen die Dorfgemeinschaft und deren Regeln. Eine allein stehende Frau darf keinen männlichen Besuch empfangen.

Wieso riskiert er das? Er könnte gesehen werden.

Mich würde man dann wahrscheinlich von der Insel verstoßen. Aber was würde aus ihm werden?

Fragen ohne Antworten taten sich mir auf; und dennoch, ich wartete auf morgen. Ich wartete, doch es klopfte niemand an meine Tür. Als es Abend wurde und ich mich gerade auf meine Matratze legen wollte, hörte ich ein leises klopfen. Ganz anders als die anderen beiden Tage. Ich ging zur Tür und öffnete. Da stand er und lächelte mich an. Ich bat ihn herein und wir setzen uns. Wieder sagte er nichts und schaute mich nur unentwegt an. So verging eine ganze Weile. Niemand wagte auch nur ein Wort zu sagen.

Er war da und ich freute mich.

Langsam stand er auf. Er nahm meine Hand und zog mich zu sich hoch.

Wie es geschah kann ich nicht mehr sagen, wir lagen uns in den Armen und hielten uns eng umschlungen.

Jeder spürte den Herzschlag des anderen.

Ich verspürte eine unbekannte Lust in mir hoch steigen und schmiegte mich noch enger an ihn.

Seine Hände begannen meinen Körper zu liebkosen und sein Mund suchte den meinen. Leidenschaftlich umarmten wir uns und unsere Küsse wurden immer fordernder. Nie gekanntes brach aus mir heraus und ich wünschte, dass es für immer so bliebe. Nur wir zwei und unsere Umarmung.

Nach einer langen Weile lösten wir uns aus der Umarmung. Er ging zur Tür und diesmal blickte er nur zurück; es folgte kein - bis morgen-. Wie im Traum legte ich mich auf meine Matratze und versuchte zur Ruhe zu kommen.

In dieser Nacht konnte ich nicht schlafen, ich war viel zu aufgewühlt von dem was passiert war. Es waren Gefühle in mir erwacht, die ich bei meinem Mann nie erlebt hatte.

Was ist mit mir geschehen? Ist das Liebe?

Ich wusste es nicht. Als schon die Morgendämmerung herein brach schlief ich endlich ein.

Der neue Tag begann nicht so, wie die vergangenen Tage. Zum ersten Mal seit langem fühlte ich mich gut und meine Traurigkeit hatte sich etwas gelegt. Ich fühlte mich heute auch nicht einsam, denn ich dachte an die Umarmungen des letzten Tages. Ich konnte ihn fühlen und schmeckte noch immer seine Küsse auf meinem Mund, fühlte seine warmen Hände die mich streichelten. Der Gedanke daran ließ mich erschauern. Mein Herz fing wild an zu klopfen bei dem Gedanken an ihn und ich fragte mich, ob ich mich in diesen jungen Mann verliebt hatte. Das kann doch gar nicht sein!

Vor ein paar Tagen wollte ich nicht mehr leben und dachte alles hat keinen Sinn mehr und nun ertappe ich mich dabei, dass ich mich gut fühle.

Heilige Madonna bitte gib mir ein

Zeichen was hat das alles zu bedeuten?
Ich flehe dich an, lass mich den Sinn
erkennen, weshalb du mir diesen Mann
über den Weg geschickt hast, der mir
so gut tut.

Er ist noch so jung und könnte mein
Sohn sein und doch hoffte ich, dass er
auch heute Abend wieder kommt.

Aber was denke ich da? Bin ich durch
meinen Kummer und die Einsamkeit
vielleicht verrückt geworden?

Ja, verrückt nach diesem unbekannten
Gefühl das er in mir erweckt hat.

Nie zuvor brannte mein Körper bei
dem Gedanken an einen Mann so
lichterloh, dass ich meinte innerlich zu
verbrennen. Ist so etwas möglich nach
so kurzer Zeit? Es ist möglich, ich
spüre es in jeder Faser meines Herzens

und meines Körpers. Oh, wenn nur der Abend schon da wäre und er an die Tür klopft. Ich weiß noch nicht einmal seinen Namen, aber auch das ist mir völlig egal; wenn er nur wieder kommt. Ich lege mich auf meine Matratze und träume mit offenen Augen. Alles ist plötzlich wieder hell und klar für mich. Die Finsternis, die sich um mich gelegt hatte, ist verschwunden.

Ich fange wieder an zu leben.

Leises klopfen an meiner Tür reißt mich aus meinen Träumen. Schnell springe ich hoch und eile zur Tür um ihm zu öffnen. Die Tür war noch nicht ganz verschlossen, als wir uns wie von Sinnen in die Arme fielen und uns liebkosten. Zuerst ganz zart um dann in eine Leidenschaft über zu gehen, die uns taumeln ließ. Wir lagen beide auf meiner alten Matratze und gaben uns unseren Gefühlen hin. Eine Lust, die nicht enden wollte. Seine Hände auf meinem Körper, seine liebevollen Worte an meinem Ohr. Ich hielt ihn umschlungen, als ob ich nie wieder los lassen wollte. Was machen wir hier, es darf doch gar nicht sein? Diese Gedanken schob ich weit von mir und vertraute mich seinen Umarmungen bedingungslos an. Er war so zärtlich und doch kraftvoll und seine Leidenschaft kannte kein Ende. Irgendwann schliefen wir ermattet ein.

Ein hartes, lautes klopfen an der Tür

schreckte mich aus meinem Schlaf.

Wer kann das sein? Hatte ich es nur geträumt?

Da, es klopfte wieder und diesmal noch energischer.

Auch Sandro, so ist sein Name, war erwacht und in seinen Augen sah ich Entsetzen und Furcht zugleich. Er musste sich verstecken, denn niemand durfte ihn hier bei mir entdecken; das wäre das Ende für uns beide gewesen. Schnell nahm ich seine Kleidung und versteckte sie unter meiner Matratze. Sandro musste, so wie Gott ihn schuf, hinter den Vorhang der die Toilette von dem einzigen Raum in dem ich lebte, abtrennte.

Ich ging zur Tür und öffnete.

Vor mir stand der Pfarrer und war verärgert, dass ich ihn habe so lange vor der Tür warten lassen. Ich entschuldigte mich und sagte, ich wäre eingeschlafen weil in letzter Zeit alles zu viel für mich war und ich nachts nicht richtig schlafen kann. Der Pfarrer hörte mir gar nicht richtig zu, sondern fragte mich direkt, wie ich es mir vorstelle hier in diesem Haus weiter alleine zu leben. Darüber hatte ich so noch gar nicht nachgedacht und ich verstand auch nicht so recht, worauf er hinaus wollte. Schnell kam der Pfarrer zur Sache und erklärte mir, dass es nicht üblich ist hier auf der Insel, dass eine allein stehende Frau, welche ich als Witwe ja nun einmal war, alleine in einem Haus wohnt ohne männlichen Schutz.

Das war es was er von mir wollte.

Ich sollte hier weg weil ich allein bin und so mit gegen die strengen Regeln der Insel verstoße wenn ich hier alleine leben würde.

Aber wo sollte ich hin?

Ich wäre doch überall allein. Mein Herz schlug wie wild und ich wusste nicht, welche Antwort ich dem Pfarrer geben sollte. Statt meine Antwort abzuwarten sagte er zu mir, ich solle versuchen eines meiner Kinder dazu bewegen zur Insel zurück zu kommen um bei mir zu leben. Das war unmöglich, denn ich wusste, dass keines meiner Kinder je zurückkommen wird. Ich sagte dem

Pfarrer, ich würde an meine Kinder schreiben und sie darum bitten wieder auf die Insel zu kommen. Ich musste Zeit gewinnen um zu überlegen was mit mir geschehen soll. Der Pfarrer gab sich erst einmal mit meiner Antwort zufrieden und verabschiedete sich dann eiligst von mir. Schnell holte ich Sandro aus seinem Versteck und gab ihm seine Kleidung damit er sich anziehen konnte. Trotzt seiner gebräunten Haut konnte ich sehen, dass er weiß wie die Wand war und so schnell wie möglich hier weg wollte. Wie sollte das weiter gehen?

Wir mussten immer angst haben entdeckt zu werden, denn es gab keinen Ort an dem wir absolut sicher wären. Hier konnten wir uns jedenfalls nicht mehr treffen, denn der Pfarrer konnte jeden Tag wieder vor meiner Tür stehen um zu fragen, ob ich schon eine Antwort von meinen Kindern erhalten habe. Sandro nahm mich noch einmal in die Arme und versprach, mir eine Nachricht unter den Stein zu legen, der bei dem Olivenbaum lag.

Ich wartete tagelang und schaute mehrmals täglich unter den Stein; aber es kam keine Nachricht. Das Herz wurde mir schwer und ich verlor langsam die Hoffnung, dass ich Sandro jemals wieder sehen werde. Ich vergoss bittere Tränen und wünschte mir, dass das alles mit Sandro niemals passiert wäre.

Eine tiefe Traurigkeit machte sich in mir breit und ich betete zu Gott, dass er mich doch holen möge, da ich keinen Sinn mehr in meinem Leben sah.

Aber Gott hatte kein erbarmen mit mir und ich musste allein mit meinem traurigem Herzen weiter leben. Meine Sehnsucht nach Sandro wuchs ins unermessliche und er fehlte mir in jeder Sekunde. Der Gedanke an ihn machte mich schwindelig und ich wünsche mir nichts sehnlicher, als das er wieder zu mir käme.

Ich betete zu Gott und der Madonna. Ich trank von dem heiligen Wasser aus dem Brunnen und ich erinnerte mich an Liebeszauber die mir einmal eine alte Frau verraten hatte; alles versuchte ich, doch es half nichts.

Ich wartete vergebens; Sandro kam nicht und es war keine Nachricht für mich unter dem Stein des Olivenbaum. Zwei Wochen waren vergangen und ich schaute, wie jeden Tag, ohne Hoffnung unter den Stein beim Olivenbaum.

Da war etwas, ein kleiner Zettel auf dem etwas geschrieben stand. Voller Freude nahm ich ihn auf und las was darauf stand.

Bitte komme morgen Abend zur alten Hütte oben auf dem Hügel; ich warte dort auf dich. Kein Name, nichts weiter nur das. Aber mein Herz fing wie verrückt an zu schlagen. Er hatte mich nicht vergessen und kein Spiel mit mir gespielt. Ich wollte, es wäre schon morgen. Sandro mein Geliebter,

ich werde kommen. Da es langsam
spät wurde ging ich hinein und legte
mich schlafen. Wie viele Male habe ich
leise deinen Namen gesagt und dabei
an unsere Zärtlichkeiten gedacht,
wenn deine Hände mich berührten und
unsere Körper miteinander
verschmolzen.

Sandro, diesen Namen werde ich nie
mehr vergessen und erst recht nicht
den Mann, dem dieser Name gehört.
Einem Mann, der für mich so einmalig
ist und der es wert ist, geliebt zu
werden.
So schlief ich langsam ein und
erwachte erst wieder, als die Sonne
bereits sehr hoch stand. Ich verrichtete
meine täglichen Arbeiten und machte

mir etwas zu essen. Als der Abend kam machte ich mich auf den Weg zur alten Hütte. Ich kannte einen geheimen Gang der zur Hütte führte, den mir vor Jahren mein Mann gezeigt hat. Er erzählte mir, dass sich während des Krieges dort die Partisanen versteckt hatten.

Diesen Weg wählte ich jetzt, um ungesehen zur alten Hütte zu kommen. Sandro erwartete mich schon voller Ungeduld und ich schlug die Tür mit einem lauten Knall zu. Wer sollte uns hier hören oder gar sehen? Es kam niemand mehr hier herauf. Wie aus gehungert fielen wir uns in die Arme und bedeckten unsere Gesichter mit zärtlichen und leidenschaftlichen Küssen; unser Mund fand zueinander

und wieder gaben wir uns unserer
Leidenschaft hin und hielten einander
als wollten wir uns nie mehr los lassen.
Unsere Herzen schlugen im Takt und
wir verloren uns im Rausch unserer
Sinne.
So oft wir konnten, trafen wir uns von
nun an in dieser alten Hütte um
unsere Liebe aus zu kosten. Wir
schlichen uns auf geheimen Wegen
hinauf, immer darauf bedacht, von
niemandem gesehen zu werden und
ebenso unauffällig versuchten wir,
wieder nach unten in das Dorf zu
kommen. Jeder von uns nahm einen
anderen Weg, denn falls uns jemand
begegnen sollte, wollten wir nicht
zusammen entdeckt werden.
Dabei vergaßen wir völlig, dass wohl

ein jeder auf der Insel die geheimen Wege kennen würde, denn es blieb hier eigentlich nichts verborgen. Wir genossen jede Minute die wir miteinander verbrachten und konnten nicht genug voneinander bekommen. Diese Leidenschaft war wie ein verzehrendes Feuer deren Glut niemals erlosch. Es fiel uns immer schwerer von einander zu lassen und wir beide sehnten uns nach dem nächsten Mal. Als wir uns trennten schauten wir vorsichtig in die Dunkelheit ob niemand außer uns hier oben war und machten uns getrennt auf den Heimweg. Geduckt hinter den Sträuchern die am Wege standen schlich ich zu meinem Haus und ging zur Tür um diese zu öffnen.

Was war das? Die Tür, die ich vorhin als ich fort ging verriegelt hatte, stand offen. Ein unheimliches Gefühl beschlich mich und ich ging nur zögernd hinein. Auf einem der beiden Stühle saß der Pfarrer und schaute mich grimmig an. Wie lange wartete er hier schon? Mein Herz fing an zu rasen. Hatte man uns bereits entdeckt?

Was wollte der Pfarrer so spät bei mir?

Ich bekam es mit der Angst zu tun und blieb starr vor Schreck in der Mitte des Raumes stehen. Unfähig, auch nur ein einziges Wort zu sagen, schaute ich den Pfarrer an. Wie Donnerschlag drangen seine Worte an mein Ohr. Was hatte er da zu mir gesagt? Ich soll mein Haus verlassen und sollte zu den nächsten

Nachbarn ziehen?

Die nächsten Nachbarn, dass war doch die Familie von Sandro. Das kann doch nicht sein; jeder Blick würde uns verraten. Schon sprach der Pfarrer weiter. Er sagte zu mir, da meine Kinder mir bis heute nicht geschrieben haben, vermutet er, dass sie nicht kommen und mich auch nicht zu sich holen würden. Lange genug hätte die Dorfgemeinschaft jetzt gewartet und nun hatten sie eine Entscheidung getroffen.

Meine wenige Habe musste ich sofort einpacken und dem Pfarrer folgen. Was wird aus meinem Haus? Den wenigen Möbeln?

Ich wagte nicht zu fragen, denn der Pfarrer machte sich bestimmt seine

Gedanken wo ich so spät in der Nacht
her gekommen bin. Aber er fragte
mich nicht.

Schweigend ging ich durch die Nacht
hinter ihm her.

Nach ungefähr einer Stunde erreichten
wir das Nachbarhaus in dem die
Familie von Sandro lebte. Der Pfarrer
klopfte an die Tür und der alte Celeste,
welcher der Vater von Sandro war,
öffnete uns die Tür. Stumm ließ er uns
eintreten. Hier sprachen die Leute alle
nur das Notwendigste. Er musterte
mich prüfend und sagte zu mir, du
kannst da schlafen und deutet mit
dem Finger in Richtung eines
Vorhangs. Schnell verschwand ich
hinter diesem Vorhang und was ich
sah, trieb mir die Tränen in die Augen.

Auf dem Boden lag eine alte Matratze und in der Mitte der winzigen Kammer stand ein Stuhl mit drei Beinen. Kein Tisch war in diesem Raum, nicht einmal ein Fenster war dort um nach draußen zu schauen. Auch eine Waschschüssel fehlte in der ich mich hätte säubern können. Kein Haken für meine Kleidung. Alles war noch armseliger als bei mir in meiner Hütte. So sollte ich von nun an leben. Ich setzte mich auf die alte Matratze und weinte.

Draußen hörte ich den Pfarrer mit Sandros Vater sprechen. Sie sprachen über mich. Da vor einiger Zeit die Mutter von Sandro verstorben war, sollte von nun an ich den Haushalt übernehmen. Damit wäre Vater und

Sohn geholfen und ich würde nicht mehr ohne männlichen Schutz alleine in meinem Haus wohnen.

Für die beiden Männer war das in Ordnung; ich sorgte für sie und die beiden hatten weniger Arbeit, wenn sie nicht die Wäsche machen müssten und für sich kochen. Aber was wurde aus Sandro und mir? Wenn wir von nun an unter einem Dach leben würden müssten wir noch viel vorsichtiger sein, denn ein Blick in unsere Augen würde uns verraten. Der alte Celeste konnte zwar nicht mehr so gut hören, aber seine Augen waren so scharf wie die eines Adlers. Wusste Sandro, dass ich von heute an mit ihm unter einem Dach leben werde?

Mein Gott, wie sehr hätte ich mir das

unter anderen Umständen gewünscht; nur Sandro und ich. Allein in einem kleinen Haus. Sandro sah ich heute nicht mehr, da ich mich gleich schlafen legte und vor Erschöpfung ein schlief.

Am nächsten Morgen wurde ich früh geweckt. Celeste hatte Hunger und gebot mir, dass Essen für ihn und Sandro auf den Tisch zu bringen. Ich ging nach draußen zum Brunnen um Wasser zu holen und machte vor dem Haus ein Feuer damit ich mit einer Handvoll Kaffeebohnen den Morgenkaffee kochen konnte.
Wo war Sandro? Ich hatte ihn noch nicht zu Gesicht bekommen. So früh war ich seit dem Tod meines Mannes nicht mehr aufgestanden und ich

merkte, dass mich die Müdigkeit überkam.

Beinahe wäre mir das Feuer wieder ausgegangen, wenn nicht der alte Celeste mich mit seiner dröhnender Stimme aus meinen Träumen gerissen hätte. Schnell pustete ich in die Glut und das Feuer flackerte wieder auf. Ich setzte die Blechkanne mit dem Wasser und den Kaffeebohnen auf ein kleines Gestell und schob alles über das Feuer. Bei dem Gedanken daran, dass jeden Augenblick auch Sandro vor mir stehen könnte, wurde mir ganz schwindelig vor Augen und mein Herz machte die wildesten Sprünge vor Aufregung. Hoffentlich verrät uns unsere erste Begegnung in diesem Haus nicht.

Ich wendete mich wieder dem Kaffee
zu und als ich aufschaute, blickte ich
genau in diese wunderschönen braunen
Augen, die mich anlächelten. Er steht
vor mir und ist genauso verlegen wie
ich. Ich sagte das Dümmste, was ich in
dieser Situation sagen konnte; nämlich,
dass der Kaffee ist gleich fertig.
Guten Morgen Mara, hörte ich ihn
sagen und gleich darauf ging er ohne
weiteres Wort wieder zurück ins Haus.
Ich nahm den Kaffee, der jetzt fertig
war und ging ebenfalls ins Haus um ihn
dort auf den Tisch zu stellen. Ich
schnitt dicke Scheiben von dem selber
gebackenen Brot ab und reichte sie den
beiden Männern. Dann goss ich beiden
von dem Kaffee in die Morgenschalen
und sie bröckelten das Brot da hinein

um es dann mit lauten Geräuschen aus den Schalen zusammen mit dem Kaffee zu schlürfen.

Ich werde aus meinem Haus noch einige Kleinigkeiten holen, damit es hier erträglicher wird. Löffel hatte ich auch genug, denn wir waren ja einmal vier Personen. Ich hatte alles aufbewahrt, auch wenn wir es die letzten Jahre nicht mehr benutzt hatten.

Ich setze mich an den Tisch und trinke auch einen Schluck Kaffee.

Obwohl Sandro den Blick tief in seine Schale gerichtet hat, spüre ich, dass er mich ansieht und beobachtet. Ich fühle mich nicht wohl in meiner Haut und ich glaube, dass es ihm ähnlich ergeht. Beim abräumen der Schalen frage ich

Sandro, ob es möglich ist, dass er mit mir zusammen ein paar meiner Gegenstände aus meinem Haus holt. Ich hänge daran und es wäre von Vorteil wenn ich hier für beide sorgen soll. Es würde auch mir die Arbeit erleichtern. Ich fragte ihn nicht ohne den Gedanken daran, dass es vielleicht unsere letzte Möglichkeit war, noch einmal mit ihm in meinem Haus allein zu sein und wir uns in die Arme schließen könnten.

Sofort stimmt er zu und sagt, wir können uns gleich auf den Weg machen, dann wären wir zum Mittag zurück und ich könnte seinem Vater eine Mahlzeit kochen. Ich binde mir ein Tuch um meinen Kopf und wir machen uns auf den Weg. Eine gute Stunde

laufen wir so nebeneinander her.
Keiner spricht ein Wort. Als wir bei
meinem Haus angekommen sind,
öffnet Sandro die Tür und lässt mich
eintreten. Er drückt die Tür fest zu
und verriegelt sie von innen.

Wir sind wieder allein!!!
Wie habe ich es mir gewünscht, denn
meine Sehnsucht nach seinen
Umarmungen ist unendlich groß.
Diesmal nimmt Sandro mich ganz zart
in die Arme und wiegt mich wie ein
Kind hin und her. Wir fühlen unsere
Herzen im Gleichklang und spüren
unseren Atem. Mein Mund sucht seinen
Mund. Wie gut er schmeckt; wie gut er
riecht; ich kann nicht mehr ohne seine
Berührungen und Küsse sein. Ihm geht

es genau wie mir, denn ich spüre seine
wachsende Leidenschaft und es
kommt, wie es kommen muss. Unsere
Körper werden eins und wir vergessen
alles um uns herum. Später suchen wir
die Gegenstände die ich mitnehmen
möchte zusammen. Wir schnüren sie in
ein Tuch und machen uns auf den
Rückweg.

Gerade rechtzeitig zur Mittagszeit
kommen wir wieder bei dem Haus von
Sandro an. Sein Vater knurrt schon
nach dem Essen und meint, wir
hätten uns mehr beeilen sollen. Sandro
beruhigt den Alten, aber ich merke,
wie schwer es ihm fällt sich ganz
normal zu verhalten.

Der Alte schlurft von dannen und ich
mache mich an die Arbeit. Wie jeden

Tag gibt es mittags immer nur Pasta mit Tomatensauce. Niemand isst hier etwas anderes. Die Pasta wird selber gemacht und die Tomaten wachsen hier wild und müssen nur gepflückt werden. Aber so oft ich es auch schon gegessen habe, es schmeckt immer wieder köstlich und ich freue mich auf das Essen; das erste Essen, gemeinsam mit Sandro.

Nach dem Essen, wenn die Sonne am höchsten steht sucht sich jeder ein schattiges Plätzchen um seinen Mittagsschlaf zu halten. Ich lege mich genau gegenüber von Sandro in den Schatten eines Olivenbaum. Von dort kann ich Sandro beobachten, ohne, dass es der Alte bemerkt, denn er hatte sich mit dem Rücken zu mir in den Schatten gelegt. Auch Sandro schaut mich an und wir fühlen, wie Nahe wir einander sind. Unsere Herzen schlagen füreinander und manchmal denke ich, dass der Alte es hören könnte, wie laut mein Herz pocht. Wie fröhlich die Blätter sich bewegen wenn ab und zu ein Lüftchen herüber weht. Es ist friedlich hier und ich fühle mich trotzt der Anspannung, die meine Liebe zu Sandro mit sich bringt, wohl und geborgen. Er ist in meiner Nähe und ich bin glücklich. Selbst das schnarchen des alten Celeste kann diese Stimmung nicht trüben. Noch einmal gingen wir am nächsten Tag zu meinem Haus um die Stühle und den Tisch zu holen. Auch meine drei Hühner nahmen wir mit. Wir luden alles auf ein kleines Holzwägelchen und die Hühner kamen in einen Korb mit Deckel. Da es darinnen dunkel war, verhielten sie sich ruhig und machten keinen Versuch daraus zu entwischen. Es war unsere letzte Gelegenheit hier noch einmal allein miteinander zu sein. Als ob wir es uns in unsere Herzen brennen wollten, liebten wir uns wie nie zuvor. Der Weg zurück viel uns unendlich schwer.

Einige Tage lebten wir so vor uns hin und hatten Mühe unsere Gefühle für einander zu verbergen. Immer wenn wir uns anschauten, oder miteinander sprachen, hatten wir das Gefühl der Alte würde unsere Gefühle füreinander bemerken. Doch er ließ sich nichts anmerken und so waren wir in dem

Glauben, dass er nichts bemerkt hatte.
Eines Tages hielt Sandro es nicht
länger aus und sagte zu mir, er ginge
für ein paar Tage in die Berge um
Kräuter zu sammeln. Traurig sah ich
ihn an und gab ihm etwas Brot und
Käse und ein paar Oliven mit auf den
Weg. Die Trennung tat mir weh, aber
ich konnte ihn verstehen. Mir ging es
auch nicht anders, aber ich musste
bleiben. Lange sah ich ihm hinter her,
wie er mit hängenden Schultern seines
Weges ging. Er tat mir unendlich leid
und ich wusste nicht, wie ich ihm
hätte helfen können.
Sandro, mein Geliebter gerne würde
ich dich in meine Arme nehmen,
damit du dich geborgen und geliebt
fühlen kannst.

Ich betete zu Gott und der Madonna, dass sie ihn beschützen sollten und wir uns bald wieder sehen.

Wieder bereitete ich das Essen für den Alten; wieder wusch ich die Wäsche im Meer und wieder legte ich mich voller Sehnsucht schlafen. Die Tage verliefen immer gleich, aber das war ja vorher auch nicht anders gewesen.

Zwei Tage war Sandro nun schon weg. Ich machte mich auf den Weg um ein paar von diesen roten köstlichen Beeren zu sammeln, die hier überall wuchsen, als ich ganz leise aus dem Gebüsch meinen Namen hörte. Ich sah mich um ob niemand in der Nähe war und ging auf das Gebüsch zu. Da saß

Sandro und wartete auf mich, denn er wusste, dass ich jeden zweiten Tag zum Beeren suchen ging um die kargen Mahlzeiten etwas zu verbessern. Er riss meinen Kopf zu sich herunter und küsste mich bis mir der Atem weg blieb. Dann sagte er zu mir, komme heute Abend zur alten Hütte und wenn mein Vater dich fragt, wo du hin willst, dann sage ihm, dass du beim heiligen Kreuz auf dem Berg für deine Familie beten willst. Er wird dann nichts sagen und dich gehen lassen. Jetzt gehe weiter, damit niemand verdacht schöpft, wenn du hier so lange vor dem Gebüsch kauerst. Ich werde hier warten, bis du nicht mehr zu sehen bist, dann gehe ich wieder hoch in die Berge wo ich heute Abend auf dich warten werde.

Wie glücklich war ich, ihn wieder zu sehen und freute mich schon auf den Abend wenn wir uns in der Hütte in die Arme nehmen konnten. Wie ist es möglich, dass man einen Mann so lieben kann? Ich weiß es nicht, aber ich möchte dieses Gefühl nie mehr verlieren. Viele Male haben wir uns in der Hütte getroffen und unsere Liebe ausgekostet. Wir waren glücklich und traurig zugleich. Umarmten und küssten uns und wurden eins mit unseren Körpern und Gefühlen.

Bis der Schäfer kam und alles Unglück seinen Lauf nahm.

Noch immer sitze ich fest umschlungen mit Sandro unter den Olivenbäumen.

Keiner sagt ein Wort und es ist, als ob die Olivenbäume mit uns weinen. Dicke Tropfen laufen über ihre Blätter um von dort auf den Boden zu fallen. Diese uralten Bäume haben in ihrem Leben viel erlebt und gesehen. Der Nachtwind weht durch die alten Äste und es hört sich an, als ob sie ein altes Klagelied anstimmten.

Bestimmt weinen sie, denn so schmerzvoll habe ich sie noch nie singen gehört. Als würden sie unsere Liebe verstehen und wissen, dass es diese Liebe hier auf der Erde bald nicht mehr geben wird. Im fahlen Mondlicht zeichnet sich ein düsteres Bild ab und alle Hoffnung in mir schwindet dahin. Ich berühre und küsse noch einmal

zärtlich Sandros Gesicht, denn ich höre
sie schon in der Ferne kommen.

Mit Laternen und Stöcken kommen sie
den Hügel hinauf. Das ganze Dorf ist
auf dem Weg zu uns um uns für unsere
Sünde zu bestrafen.

Sie kommen immer näher und bald
kann ich einige von ihnen erkennen.
Ihre Gesichter sind voller Hass und
Wut.

Sandro hat den Kopf in meinen Schoß
gelegt; so als ob ich ihn vor der
wütenden Meute schützen könnte.
Aber ich kann nicht mehr tun als
Sandro in meinen Armen zu halten
und ihn meine Wärme spüren lassen.
Als sie uns sehen werden sie schneller
und ich höre ihren keuchenden Atem.
Einige von ihnen kann ich bereits

erkennen. Sie wollten nie mit mir
etwas zu tun haben, aber jetzt sind sie
gekommen um mich zu töten.

Heilige Madonna hilf uns und lass es
schnell vorüber gehen.
Ich flehe sie an, dass sie nur mich töten
und Sandro am Leben lassen. Aber die
Dorfbewohner sind rasend in ihrer Wut
und dann traf mich auch schon der
erste Schlag. Ich werfe mich schützend
über Sandro, doch die wütende Meute
reißt an uns und will uns auseinander
zerren.
Wir rufen noch einmal unsere Namen
und klammern uns verzweifelt
aneinander.
Doch vergeblich, die aufgebrachte
Menge hat es geschafft uns zu trennen

und bindet uns an zwei sich gegenüber stehenden Olivenbäumen fest.
Jeder, dieser an Gott glaubenden Menschen, schlägt mit aller Kraft und Wut auf uns ein.

Ich schaue in die Augen von Sandro und sehe seine große tiefe Liebe zu mir darin. Blut läuft ihm über die Stirn und seine Lippen versuchen Worte zu formen, aber es gelingt ihm nicht mehr, denn ein weiterer Schlag raubte ihm die Sinne. Ohnmächtig muss ich mit ansehen, wie sie weiter auf ihn einschlagen und er immer wieder die Besinnung verliert.
Seine Schmerzensschreie brennen sich in mein Herz.

Sandro mein Geliebter, es dauert nicht mehr lange, dann sind wir wieder vereint. Warte auf mich wenn du vor mir gehst.
Ich liebe dich, Sandro.....

Ich merke, wie mir das Blut über das Gesicht läuft. Noch einmal denke ich an meine Kinder und sehe ihre lieben, geliebten Gesichter vor mir;

...sie sind so weit weg.
Wieder trifft mich ein Schlag und ich versinke im Schmerz. Nur von Ferne höre ich noch die Stimmen der Dorfbewohner. Alles wird auf einmal so hell um mich herum und eine wohlige Wärme durchströmt meinen Körper

Sandro ich komme...

Heute weiß ich,
dass Liebe
niemals Unrecht ist;
denn es ist Gottes Wille,
wen er zusammen führt.

Die Liebe
ist das kostbarste
auf dieser Welt;
denn sie beginnt dort,
wo die Einsamkeit
des Einzelnen aufhört.

Was Gott zusammengeführt hat,
soll der Mensch nicht trennen.